الخياط والأحدب

الجزء الثامن

من قصص ألف ليلة وليلة

جمع وتحرير: رأفت علام

مكتبة المشرق الإلكترونية

صدر في يناير ٢٠١٩ عن مكتبة المشرق الإلكترونية – مصر

تحديث أغسطس ٢٠٢٣

Table of Contents

1

يُحكى أن خياطًا ثريًا كان يهوى اللهو والطرب، وكان أحيانًا ما يخرج هو وزوجته إلى المنتزهات؛ فخرجا ذات يوم وإذا بهما يجدان في طريقهما رجلًا أحدبَ؛ كانت رؤيته تُضحك الحزين وتزيل الهَم؛ فتقدَّم الخياط هو وزوجته نحوه، ودعاه أن يذهب معهما إلى بيتهما ليتسليا معه هذه الليلة فوافق وسار معهما، فخرج الخياط للسوق وكان الليل قد جنَّ؛ فاشترى سمكًا مقليًا، وخبزًا، وليمونًا، ثم رجع ووضع السمك أمام الأحدب، وجلسوا ثلاثتهم يأكلون معًا؛ فأخذت زوجة الخياط جزلة سمك كبيرة ووضعتها في فم الأحدب، وسدت فمه بكفها، وقالت :

-واللهِ ما تأكلها إلا دفعة واحدة.

ولم تمهله ليمضغها فابتلعها، وكان بها شوكة وقفت في حلقه فمات؛ فقال الخياط:

-لا حول ولا قوة إلا بالله العلي العظيم.

مات هذا المسكين بسببنا؛ فقالت له:

-ما هذه اللامبالاة؟ أما سمعت قول الشاعر:

ما لي أعلل نفسي يا حمال على أمر يكون به هَم وأحزان

ماذا القعود على نار وما خمدت إن القعود في النيران خسران

فقال لها زوجها:

- وماذا عساي أن أفعل؟

فقالت:

- قُم واحمله وضع عليه فوطة حرير، وأخرج أنا أمامك وأنت من خلفي في هذه الليلة، وقل لمن يقابلك: هذا ولدي، وهذه أمه، ونريد أن نذهب به إلى طبيب ليداويه.

فلما سمع الخياط كلامها قام وحمله، وزوجته تقول:

- يا ولدي سلامتك؛ ما الذي يؤلمك يا حبيبي؟ ومن أين جاءك هذا المرض؟

وكل من يراهما يقول:

- معهما طفل مصاب.

وظلا سائريْنِ يسألان عن منزل الطبيب حتى دلوهما على بيت طبيب يهودي؛ فطرقا الباب ففتحت لهما الجارية الباب، ونظرت فإذا بشخص يحمل صغيرًا وأمه معه، فقالت لهما:

- ما خبركما؟

فقالت زوجة الخياط:

- معنا صغير نريد أن يفحصه الطبيب؛ فخذي ربع الدينار هذا وأعطي سيدك إياه ليرى ولدي؛ فقد لحقه ضعف شديد.

فصعدت الجارية لتنادي الطبيب، ودخلت زوجة الخياط البيت وقالت لزوجها:

- اترك الأحدب هنا، ولنفر نحن.

فأوقعه الخياط وخرج هو وزوجته، أما الجارية فقد دخلت على الطبيب اليهودي، وقالت له:
- هناك مريض، وقد أعطياني أهله ربع دينار لك لتتفحصه، وتداويه.
فلما رأى اليهودي ربع الدينار اغتبط، وهب واقفًا، ونزل مسرعًا فتعثرت رجله في الأحدب وهو ميت؛ فقال:
- يا لهارون، ويوشع بن نون، كأني تعثرت في هذا المريض فوقع فمات؛ فكيف أخرج بقتيلي من بيتي؟
فحمله وخرج من فناء البيت متوجهًا به إلى زوجته، وأخبرها بما حدث؛ فقالت له:
- ولمَ تجلس هكذا؟ فإن ظللت هنا إلى طلوع النهار فستزهق أرواحنا؛ فلنتوجه إلى المطبخ لنرميه في بيت جارنا المسلم؛ فإذا ظل عنده ليلة فستهبط عليه الكلاب من السطوح وتأكله عن آخره.
فصعد هو وزوجته حاملين الأحدب، وأنزلاه بيديه ورجليه إلى الأرض، وجعلاه مُلاصقًا للحائط، ثم انصرفا، وما إن وضعاه حتى عاد المباشر إلى بيته، وصعد وبحوزته شمعة موقدة فوجد الأحدب واقفًا في أحد أركان المطبخ؛ فقال:
- ما هذا؟ ماذا أرى؟ ثم أخذ مِطرقة كبيرة، ووكزه بها، ثم ضربه بها على صدره فطرحه أرضًا فوجده ميتًا؛ فقال:
- لا حول ولا قوة إلا بالله.
وخاف على نفسه، ثم قال (متصورًا أنه قاتله):
- كيف مات هذا الرجل على يدي؟
ثم نظر إليه فرآه أحدبَ؛ فقال:
- أما يكفي ما بكَ حتى تكون لصًا، وتسرق اللحم والدهن من مطبخي؟ اللهم استرنا يا رب بسترك الجميل.
ثم حمله على كتفيه، ونزل به في آخر الليل، وسار به إلى أول السوق؛ فأوقفه بجانب دكان على ناصية شارع وتركه ثم سرعان ما انصرف.. فإذا بنصراني، وهو سمسار السلطان، كان ثملًا فخرج ليقضي حاجته؛ فحدثته نفسه إن المسيح قريب، وظل يمشي ويتمايل حتى اقترب من الأحدب، وأخذ يقضي حاجته أمامه فالتفت فوجد شخصًا واقفًا، وكان هذا النصراني قد خُطفت عمامته في أول الليل، فلمَّا رأى الأحدب واقفًا ظن أنه يريد أن يخطف عمامته فضم أصابعه ولكمَ الأحدبَ علَى عنقه فطرحه أرضًا، ونادى على حارس السوق، ثم أخذ من فرط سُكْره يضرب الأحدب ويخنقه بشدة، ثم جاء الحارس فوجد النصراني يضرب الرجل؛ فقال له:
- دعه وشأنه.
وتقدم إليه الحارس فوجده ميتًا فقال:
- كيف يقتل النصراني مسلمًا؟
ثم قبض عليه، وقيده، وأخذه إلى بيت الوالي، والنصراني يقول في نفسه:
- يا مسيح، يا عذراء، كيف قتلته؟ ومن لكمة واحدة؟!

ثم باتا هما الاثنان ببيت الوالي الذي سرعان ما أمر السياف بأن ينادي عليه، ونصب للنصراني خشبة وأوقفه تحتها، وجاء السياف ووضع حبلًا حول رقبة النصراني، وأراد أن يعلقه؛ فإذا بالمباشر يشق صفوف المتفرجين فأفسحوا له الطريق، وصاح في السياف:

- توقف، أنا الذي قتلته.

فقال له الوالي:

- لِمَ قتلته؟

فقال:

- دخلت بيتي فرأيته يهبط من السطح، وقد سرقني فضربته بمِطرقة على صدره فمات؛ فحملته وجئت به إلى السوق.

ثم استطرد:

- يكفي أنني قتلت مسلمًا، ولا أريد أن يؤخذ بذنبي نصراني؛ فلا تشنق أحدًا غيري.

فلمَّا سمع الوالي اعترافه أطلق سراح النصراني، وأمر السياف بشنق المباشر؛ فأخذ الحبل من رقبته ووضعه في رقبة المعترف، وأوقفه تحت الخشبة وأراد أن يعلقه؛ فإذا بالطبيب اليهودي يشق هو الآخر صفوف الواقفين صائحًا للسياف:

- توقف، فأنا القاتل! فقد جاءني بيتي لأعالجه فتعثرتُ فيه برجلي وأنا أهبط السُّلم فمات.

فأمر الوالي بأن يُقتل الطبيب فأخذ السياف الحبل من رقبة المباشر ولفه حول رقبة اليهودي؛ فإذا بالخياط يشق الصفوف وينادي على السياف:

- توقف، فأنا قاتله! فقد كنت في نزهة أنا وزوجتي وقابلت هذا الأحدب في طريقي وهو يغني وكان ثملًا وبحوزته دُف، فتوقفت لأشاهده، وطلبت منه أن يأتي معي إلى بيتي، واشتريت له طعامًا، وجلسنا معًا لنأكل، فألقمته زوجتي شريحة سَمك ودستها في فمه؛ فلفظ أنفاسه في الحال؛ فأخذته أنا وهي وجئنا به لبيت الطبيب فنزلت جاريته وفتحت لنا الباب؛ فقلت لها: أخبري سيدك بأن امرأةً ورجلًا معهما مريض يريدان معالجته.. وأعطيتها ربع دينار فصعدت لسيدها، فوضعتُ هذا الأحدب جهة السلم ومضيت؛ فنزل الطبيب فتعثر فيه فظن أنه قتله.

ثم قال الخياط له:

- أحقًا ما سمعت؟

قال:

- نعم.

فالتفت الخياط للوالي قائلًا:

- أطلق سراح الطبيب واشنقني!

فلمَّا سمع الوالي ما جرى تعجب من أمر ذلك الأحدب القتيل، وقال إن هذا لأمر يؤرَّخ في السجلات والدواوين، ثم قال للسياف: أطلق سراح الطبيب ونفذ الحكم في الخياط، وهذا ما كان من أمر هؤلاء.

2

أما أمر الأحدب فقيل إنه كان أراجوزًا للسلطان لا يستطيع مفارقته؛ فلمَّا ثمل الأحدب في تلك الليلة المشئومة غاب فسأل عنه بعض الحاضرين فقالوا له:

- يا مولانا، لقد مات وأمر الوالي بشنق قاتله.

وقصوا عليه كل ما جرى؛ فلمَّا سمع الملك ما قيل صاح بالحاجب قائلًا له:

- اذهب للوالي، وآتني بهم جميعًا.

فذهب الحاجب فوجد السياف وكان على وَشْك أن يقتل الخياط فصرخ به الحاجب:

- توقف! وبلغ الوالي أن الأمر وصل إلى الملك، ثم اصطحبه، وحمل الأحدب، وأخذ الخياط، والطبيب اليهودي، والنصراني، والمباشر، وتوجهوا جميعًا إلى الملك؛ فلما مثل الوالي بين يديه قبَّل الأرض، وقص عليه كل ما جرى؛ فتعجب الملك وأخذته الدهشة، وأمر بأن يكتب ذلك بماء الذهب، وقال لكل الحضور:

- هل سمعتم من قبل مثل قصة هذا الأحدب؟

فتقدم النصراني وقال:

- مولاي، إن أذنت لي حدثتك بمسألة جرت لي لها العجب.

فأذن له؛ فقال:

- مولاي، شاء القدر أن يكون مولدي بمصر وأنا من مسيحييها، وكان والدي سمسارًا؛ فلما اشتد عودي توفي والدي فعملتُ في مِهْنته، وبينما أنا جالس ذات يوم إذا بشاب هيئته عظيمة يمتطي حمارًا، فلما رآني ألقى عليَّ السلام فقمت إليه تعظيمًا؛ فإذا به يُخرج صُرة بها قليل من السمسم، وقال:

- بكم الأردب من هذا؟

فقلت له:

- بمئة درهم.

فقال لي:

- توجه إلى خان الجوالي بباب النصر وستجدني هناك.

وتركني ومضى إلى حال سبيله بعد أن أعطاني السمسم بصُرته؛ فمررتُ على كل المشترين حتى بلغ ثمن كل أردب مئة وعشرين درهمًا، ومضيت إليه فوجدته في انتظاري بالخان؛ فلما رآني توجه إلى المخزن وفتحه؛ فقمنا بوزن ما به فإذا هو خمسون أردبًا؛ فقال الشاب:

- ستأخذ على كل أردب عشرة دراهم سمسرة، وتقاض الثمن وادخره لديك إلى أن أعود.

فقلت له:

- كما تشاء.

ثم قبلت يديه ومضيت إلى حال سبيلي؛ فحصلتُ في ذلك اليوم على مكسب ألف درهم، فغاب عني شهرًا، ثم جاءني وقال لي:

- أين الدراهم؟

فقلت:
ها هي.
فقال:
- ادخرها حتى أعود.
فانتظرته فغاب عني شهرًا آخر، ثم عاد وقال لي:
- أين الدراهم؟
فأحضرتها له، ثم مضى فانتظرته فإذا به يغيب عني شهرًا، ثم جاءني وقال لي:
- هات الدراهم.
ثم مضى؛ فأحضرتها له وقلت:
- أتأكل عندنا شيئًا؟
فأبَى وقال لي:
- ادخر الدراهم إلى أن أعود.
ثم ذهب وظللتُ أنتظره فغاب عني شهرًا كاملًا؛ فقلت في نفسي:
- إن هذا الشاب سمحٌ بطبعه وذو أخلاق حميدة.
ثم عاد مرتديًا ثيابًا فاخرة؛ فلما رأيته قبلت يديه ودعوت له وقلت:
- يا سيدي، أما تأخذ دراهمك؟
فقال:
- أمهلني حتى أفرُغ من قضاء حوائجي وآخذها منك.
ثم ذهب؛ فقلت في نفسي:
- واللهِ إذا عاد لأضيفنه وأكرمنه؛ فلقد انتفعت بماله، وازداد مالي بسببه.
ولمَّا أوشكت السنة على الانقضاء، جاءني مرتديًا ثوبًا أفخم من السابق؛ فأقسمتُ أن ينزل عندي ضيفًا؛ فقال:
- ولكن بشرط، أن تنفق على ضيافتي من مالي الذي تدخره لديك.
فقلت:
- نعم أفعل.
وأجلسته، ووضعت أمامه كل ما لذ وطاب، وما تشتهيه الأنفس، وقلت له:
- بسم الله.
فتقدم إلى المائدة، ومد يده اليسرى، وأكل معي فتعجبت منه؛ فلما فرغنا غسل يده، وجلسنا نتبادل أطراف الحديث؛ فقلت له:
- سيدي، باللهِ عليك أخبرني لماذا أكلت بيُسراك؟ أفي يدك اليمنى ما يؤلمك؟
فلما سمع ما قلته له أنشد هذين البيتين:

خليلي لا تسل على ما بمُهجتي من اللوعة الحرى فتظهر أسقامُ
وما عن رضا فارقت سلمى معوضًا بديلًا ولكن للضرورة أحكامُ

ثم أخرج يده من كُمه فإذا هي مبتورة الكف فتعجبتُ.
فقال لي:
- لا تعجب؛ إنها مشيئة الله.. فلقطع يدي اليمنى سبب أعجب.

فقلت:
- وما هذا السبب إذن؟
فقال:
- أنا من بغداد ووالدي من أكابرها، فلما صرتُ رجلًا سمعت المسافرين والتجار يتحدثون عن الديار المصرية فظل ذلك عالقًا في ذهني حتى مات والدي؛ فحملت أموالي، وجهزت رحالي من قُماش بلادي، وبضائع أخرى نفيسة، ورحلت عن بغداد، وكتب الله لي السلامة حتى دخلت مدينتكم العامرة هذه..
ثم أجهش بالبكاء، وأخذ ينشد هذه الأبيات:

قد يسم الأكمه من حفرة يسقط فيها الناصر الناظر
ويسلم الجاهل من لفظة يهلك فيها العالِم الماهر
ويعسر المؤمن في رزقه ويرزق الكافر الفاجر
ما حيلة الإنسان ما فعله هو الذي قدره القادر

فلما فرغ من شعره قال:
- فدخلت مصر، وأنزلت ما معي في خان سرور، وحللت أحمالي وأدخلتها، وأعطيت الخادم دراهم ليشتري لنا بها طعامًا، ونِمت قليلاً؛ فلمَّا صحوت ذهبتُ إلى حي بين القصرين، ثم عدتُ، ولمَّا تنفس الصبح فتحتُ رزمة القُماش، وتوكلت على الله في زيارة بعض الأسواق؛ لأنظر الحال، وأخذت معي بعض القُماش يحمله بعض غِلماني، ومشيتُ حتى وصلت إلى قيسرية جرجس وهناك استقبلني السماسرة الذين كانوا قد عرفوا بمجيئي؛ فأخذوا مني ما معي من قُماش، ونادوا عليه ليعرضوه للبيع فلم يحقق لي أي مكسب؛ فنصحني شيخ الدلالين قائلًا:
- سيدي، هل أدلك على شيء تستفيد منه؟
فقلتُ:
- نعم.
فقال لي:
- افعل مثلما فعل التجار! بِعْ بضاعتك بعقد لأجل معلوم بكاتب، وشاهد، وصيرفي، وتُحصِّل ثمنها بالتقسيط كل يوم إثنين وخميس فتتكسب على كل درهم اثنين ربحًا، وتكون لك فرصة لتشاهد معالم مصر ونيلها؛ فقلت له:
- نعمَ الرأي ما قلتَ.
فأخذتُ معي الدلالين إلى الخان فحملوا معهم القُماش إلى القيسرية وبعته للتجار، وأخذت عليهم وثيقة بذلك، ورجعت إلى الخان، وأقمت هناك أيامًا حتى دخل الشهر الذي استحق فيه دفع الأثمان؛ فظللتُ كل إثنين وخميس أجلس عند دكاكين التجار، ويمضي الصيرفي، والكاتب فيجلبان لي دراهمي منهم، إلى أن دخلت الحمام ذات يوم، ثم ذهبت إلى الخان، وأفطرت، ثم نمت قليلًا، وصحوتُ فتعطرت، وتوجهت إلى دكان تاجر يُدْعَى بدر الدين البستاني، ولمَّا رآني رحَّب بي، وأخذ يتحدث معي في دكانه..
وبينما نحن كذلك إذا بامرأة تدخل علينا وتجلس إلى جواري، تعتمرُ على رأسها

عصابة مائلة، ويفوح منها الطِّيب فانبهرتُ بها، ثم ألقت على بدر الدين السلام فردَّ عليها التحية، وشرع يتحدث معها؛ فلمَّا سمعتُ كلامها شغفتني بحبها؛ فقالت له:
- ألديكَ قُماش منسوج من الذهب الخالص؟
فأخرج لها قطعة؛ فقالت:
- هل يمكنني أخذُها، ثم أوافيك ثمنها؟
فقال لها:
- لا يمكن يا سيدتي؛ لأن هذا وكان يشير إليَّ هو صاحب البضاعة وله عندي قسط؛
فقالت:
- لقد اعتدتُ أن آخذ منك بجملة دراهم وأربحك فوق ما تريد، ثم أرسل إليك الثمن؛
فقال:
- نعم، لكنني مضطر إلى أخذ الثمن اليوم.
فأخذتْ منه القطعة وألقت بها على وجهه، وقالت:
- إن أمثالكم لا يعرفون لأحدٍ قدرًا.
ثم انصرفت فشعرت بأنها أخذت قلبي معها؛ فوقفت وقلت لها:
- سيدتي، هلا تعطفتِ عليَّ وانتظرتِ؟
فتبسمت، وقالت:
- لأجلكَ أنت فقط.
وجلست أمامي، فقلتُ للتاجر:
- بكم ثمن هذه القطعة؟
قال:
- ألف ومئة درهم؛
فقلت له:
- ولك مني مئة مكسبًا.
وأخذت القطعة منه، وكتبت له ورقة بخطي، وأعطيتها إياها قائلًا:
- خذيها واذهبي، وإن شئتِ هاتي ثمنها لاحقًا لي في السوق، وإن شئتِ فهي هدية مني لكِ.
فقالت:
- جزاكَ الله خير الجزاء، ورزقك مالي، وجعلك زوجي.
فاستجاب الله، وقلت لها:
- سيدتي، هذه القطعة لكِ، ولكِ مثلها ولكن دعيني ألقِ نظرة على وجهكِ.
فلما رأيته تعلقت بها أكثر، وكاد عقلي يجن من فرط حُسنها وجِمالها، ثم رخت العصابة، وأخذت قطعة القماش، وقالت:
- سيدي، لا تغب عني.
وانصرفت، وجلست في السوق إلى بعد العصر، وأنا مغيب العقل وقد تملك مني حبها، فسألت التاجر عنها فقال:

- إنها ثرية وذات حسب ونسب؛ فهي ابنة أمير، وقد مات والدها وترك لها ثروة كبيرة.

فودعته وانصرفتُ وذهبت إلى الخان، وشرعتُ أتذكرها ففارقني النوم، فسهرت حتى الصباح، ثم استيقظت، وارتديتُ ثوبًا جديدًا، واحتسيتُ قدحًا من الشراب، وتوجهتُ لدكان التاجر فسلمتُ عليه، وجلست عنده؛ فجاءت المرأة مرتديةً ثوبًا فاخرًا ومعها جارية، فجلست وسلمت عليَّ من دون بدر الدين، وقالت لي بفصاحة ما سمعت بها من قبل:

- أرسِل معي من يأخذ ثمن قطعة القماش.

فقلت لها:

- لا عليكِ!

فقالت:

- لا واللهِ.

وأعطتني ثمنها، وجلستُ أتحدث معها، فأومأت لها فأدركت أنني أريد وصالها؛ فكل لبيب بالإشارة يفهم، وسَرعان ما قامت وسارت، فخرجت في أثرها؛ فإذا بجارية تأتيني وتقول لي:

- سيدي، إن سيدتي ترغب في محادثتك فتعجبت.

وقلت لها:

- ما من أحد يعرفني هنا!

فقالت:

- أبهذه السرعة نسيتها؟!

إنها سيدتي التي كانت اليوم في دكان فلان.

فمشيتُ معها فلمَّا رأتني آتيًا أوقفتني إلى جوارها، وقالت:

- حبيبي، لقد تمكن حبك من قلبي، ومن وقتها لم يداعب جفني نومٌ.

فقلت لها:

- إني مشاعري تجاهك تفوق مشاعرك، وحالي يُغني عن شكواي.

فقالت:

- هل أجيء إلى دارك؟

فقلتُ لها:

- أنا غريب عن البلاد، وليس لي دار إلا الخان؛ فإن شملتِني بعطفكِ ووافقتِ أن أجيء أنا إليكِ فستكتمل سعادتي.

فقالت:

- نعم بالتأكيد، ولكن الليلة ليلة جمعة وأنا منشغلة؛ فهلا أتيت غدًا بعد الصلاة؟ أي صلِّ واسأل عن الحبانية، ولدى وصولك إليها اسأل عن قاعة بركات النقيب المشهور بأبي شامة؛ فأنا أقطنُ هناك، ولا تتأخر عليَّ.

فغمرتني السعادة، ثم تركتها، وعُدتُ إلى الخان، وسهرت طيلة الليل، وما إن أدركت الفجر حتى قمت، وأرتديت أفخم الثياب، وتعطرت، وأخذت معي خمسين درهمًا، ومشيت من الخان إلى باب زويلة فامتطيتُ حمارًا، وقلت لصاحبه:

- إلى الحبانية من فضلك.

وسَرعان ما توقف على طريق يُقال له درب المنقري؛ فقلت له:

- ادخل، واسأل عن قاعة النقيب.

فغاب عليَّ، وقال:

انزل.

فقلت له:

- سِر أمامي إلى القاعة.

ففعل حتى أوصلني؛ فقلت له:

- غدًا تأتيني وتأخذني.

فقال الحمَّار:

- بإذن الله.

فأعطيته ربع درهم ذهبًا فأخذه وانصرف؛ فطرقت الباب فخرجت بنتان، وقالتا:

- تفضَّل؛ إن سيدتنا تنتظرك ولم تنم.

فدخلتُ قاعةً موصدةً بسبعة أبواب، وبها نوافذ تطل على بُستان فواكه، وبه أنهار متدفقة، ومطلية طلاء أبيض يرى الإنسان وجهه فيه من فرط لمعانه، وسقفها مرصَّع بالذهب، ويفترش أرضياتها الرخام، وفي أرضيتها نافورة يقبع بها الدُّر واللؤلؤ مفروشة بالحرير، والمراتب؛ فما إن دخلتُ وجلستُ إلا وقد أقبلت معتمرةً تاجًا مُرصَّعًا بالدُّر والجواهر؛ فلمَّا رأتني تبسمت، وقالت:

- أأتيتَ فعلًا أم أنني أحلم؟

فقلتُ لها:

- أنا مِلْكُ يديك ورهن إشارتك.

فرحبت بي، وقالت:

- واللهِ منذ أن رأيتك ما طاب لي نوم أو طعام.

فقلت لها:

- وأنا أيضًا..

ثم جلسنا نتبادل أطراف الحديث، وأنا مُطأطئ رأسي إلى الأرض حياءً، ولم أظل طويلًا حتى جهزت لي سفرة من ألذ الأطعمة، فأكلنا معًا حتى اكتفينا، ثم تعطرنا بالمسك، وأخذنا نتحدث؛ وشرعتْ هي تنشد هذين البيتين:

لو علمنا بقدومكم لفرشنا مهجة القلب مع سواد العيون
ووضعنا حدودنا للقاكم وجعلنا المسير فوق الجفون

فتمكَّن حبها من قلبي أكثر، ثم أخذنا نلعب ونلهو، إلى أن جنَّ الليل؛ فقدمت لنا الجواري الطعام وما لذ وطاب، ثم نمنا، وما رأيت في حياتي قَطُّ أجمل من هذه الليلة.. فلما

تنفَّس الصبح صَحوتُ، ووضعتُ تحت وسادتها الدراهم، وودعتها؛ فأجهشت بالبكاء، وقالت:
- سيدي، متى أراك؟
فقلت لها:
- سأعاود المجيء بعد العِشاء.
فلمَّا خرجت وجدت الحمَّار ينتظرني لدى الباب؛ فركبتُ حتى وصلت إلى الخان، وأعطيته نصف درهم، وقلت له:
- تعالَ عند غروب الشمس.
فقال:
- على الرَّحب والسَّعة يا سيدي..
ودخلت الخان وأفطرت، ثم سَرعان ما خرجت لأطالب بالأقساط، ثم رجعت لها وقد أعددتُ لها طعامًا شهيًّا، ثم وصفت للحمَّال عنوانها، وأعطيته أجرته، ورجعت لأعمالي حتى غربت شمس النهار، وجاءني الحمَّار في الموعد؛ فأخذت خمسين درهمًا أخرى، ولكن هذه المرة وضعتها في مِنديل، وذهبت إليها، وعندما دخلت وجدت الرخام أكثر بريقًا، والنُّحاس أكثر لمعانًا، والقناديل موقدة، والشموع مضيئة، والطعام مُجهَّز.. وما إن رأتني حتى عانقتني، وقالت:
- افتقدتك كثيرًا!
ثم أكلنا حتى شبعنا، فسهرنا معًا حتى منتصف الليل؛ فنمنا حتى الصباح، ثم استيقظتُ، وأعطيتها الدراهم كما فعلت من قبل، وخرجت فإذا بالحمَّار ينتظرني؛ فركبت إلى الخان، ونمت، ثم صحوتُ وأعددتُ عَشاء فيه ما تشتهي الأنفس، وكل ما لذ وطاب من الفواكه، وأخذت خمسين درهمًا وخرجت؛ فركبت مع الحمَّار إلى بيتها؛ فدخلت، ثم أكلنا وشربنا وبت عندها حتى شروق الشمس، ولما صحوتُ أعطيتها المِنديل، وركبت عائدًا إلى الخان، وظللتُ على هذه الحال حتى صرتُ لا أمتلك درهمًا أو دينارًا؛ فقلت في نفسي:
- هذا واللهِ من عمل الشيطان، وأخذت أنشدُ هذه الأبيات:

فقر الفتى يذهب أنواره مثل اصفرار الشمس عند المغيب
إن غاب لا يذكر بين الورى وإن أتى فما له من نصيب
يمر في الأسواق مستخفيًا وفي الفلا يبكي بدمع صبيب
واللهِ ما الإنسان من أهله إذا ابتلى بالفقر إلا غريب

ثم سرتُ حتى وصلت إلى حي بين القصرين، وواصلتُ السير إلى باب زويلة؛ فشاهدتُ ازدحامًا رهيبًا، والباب مسدود من كثرة الواقفين عليه؛ فرأيت قَدَرًا جُنديًّا فزاحمته رغمًا عني، وبالصدفة البحتة لمست يدي جيب سترته، فوجدت فيه صُرة فأخذتها؛ لكنه أحس بي، فوضع يده في جيبه فلم يجد شيئًا فالتفت إليَّ، وضربني على رأسي فسقطت مغشيًّا عليَّ؛ فأحاط بنا الناس وأمسكوا بلجام فرسه، وقالوا:
- لماذا ضربته؟
فصاح بهم قائلًا:

- هذا لص..

وعند ذلك أفقتُ، ورأيت الناس من حولي يقولون:

- هذا الشاب لم يسرق شيئًا.

وكثر كلامهم بين مُصدق وغير مُصدق، وجذبوني وأرادوا خلاصي منه، وسبحان الله في هذه اللحظة أتى الوالي ومعه بعض الحكام، ودخلوا من الباب فوجدوا الخَلْق مُجتمعين؛ فقال الوالي:

- ما الذي يجري هنا؟

فقال الجندي:

- يا سيدي، هذا لص، وكان في جيب سترتي كيس أزرق به عشرون درهمًا فسرقه في هذا الزحام.

فقال الوالي للجندي:

- أكان معك أحد؟

فقال:

- لا،

فصاح الوالي على المقدم قائلًا:

- فتشه..

فإذا به يُمسك بي؛ فقال له الوالي:

- انزع كل ثيابه؛

فلما أعراني وجدوا الكيس بحوزتي؛ فأخذه الوالي، وفتحه، فوجد به عشرين درهمًا؛ فغضب وصاح في أتباعه قائلًا:

- قدموه بين يديي.

ثم قال لي:

- أيها الشاب، أصدقني القول؛ هل سرقت هذا الكيس؟

فأطرقت برأسي خجلًا، وقلت في نفسي:

- إن قلتُ لا؛ فقد أخرجه من ثيابي، وإن قلت نعم؛ هلكتُ..

ثم رفعت رأسي، وقلتُ:

- نعم سرقته.

فلما سمع كلامي تعجب، ودعا الشهود ليشهدوا على منطقي؛ فأمر السياف بقطع يدي اليمنى؛ فأشفق عليَّ الجندي وشفع لي لدى الوالي حتى لا يأمر بقطع رقبتي، وتركني وانصرف بعد أن أعطاني الكيس، وانصرفتُ، ووجدت يدي في خرقة يكسوها الدم، فأخفيتها، وقد تغيرت هيئتي، وشحب وجهي مما حدث؛ فسرتُ متخبطًا إلى القاعة، وألقيت بنفسي على الفراش، فرأتني الصبية على هذه الحال فقالت لي:

- ممَّ تشكو؟ وما الذي يؤلمك؟

فقلت لها:

- رأسي يوجعني، ولستُ على ما يُرام.

فتشوشت لأجلي وقالت:

- لا تتعب قلبي يا سيدي، اجلس، وقُصَّ عليَّ ما جرى لك اليوم؛ فقد بدا لي في ملامحك كلام كثير.
فقلت:
- لن أتكلم.
فبكت، وأخذت تحدثني وأنا لا أرد حتى جنَّ علينا الليل؛ فقدمت لي طعامًا فأبَيْتُ؛ مخافة أن تراني وأنا آكُل بِيُسراي؛ فقلت:
- لستُ جوعانَ الآن؛ فقالت:
- قل لي ماذا جرى لك.. ولماذا أراكَ هكذا؟
فقلتُ لها:
- أمهليني وسأحكي لكِ.
فقدمت لي شرابًا وقالت:
- لا بُدَّ أن تحدثني بما جرى لك.
فقلت لها:
- هلا سقيتني بيدك؟
فملأت القدح فتناولته منها بيدي اليسرى، وسالت الدموع على وجنتيّ؛ فأنشدتُ هذه الأبيات:

إذا أراد الله أمرًا لامرئ وكان ذا عقل وسمع وبصر
أصم أذنيه وأعمى قلبه وسل منه عقله سل الشعر
حتى إذا أنفذ فيه حُكمه رد إليه عقله ليعتبِر

وعندما فرغتُ من إنشادي تناولت القدح بيدي اليسرى وأجهشتُ بالبكاء؛ فلمَّا رأتني أبكي صرخت صرخة مدوية، وقالت:
- لماذا تبكي؟ ولماذا أخذت القدح بشِمالك؟
فقلت لها:
- إن يدي اليمنى تؤلمني.
فقالت:
- أخرجها حتى أعالجها لك.
فقلت:
- ما هذا وقته.
ثم احتسيتُ القدح، ولم تزل تُسقيني حتى ثملتُ فغلبني النعاس؛ فإذا بها ترى يدي اليمنى بلا كف، وفتشتني فوجدت الكيس الأزرق بحَوْزتي؛ فاغتمَّت، وتألمتْ بسببي حتى الصباح؛ فلمَّا أفقتُ من سُباتي وجدتها قد أعدتْ لي طعامًا؛ فأكلت، وشربت، وتركت الكيس، وأردت الانصراف؛ فقالت:
- إلى أين أنت ذاهب؟
فقلتُ:
- إلى مكان كذا علَّني أزيل الهم عن قلبي.
فقالت:

- لا، لا تذهب، واجلس.
فجلستُ.. فقالت:
- هل أحببتني كل هذا الحب لدرجة أنك أنفقت عليَّ كل ما تملك وفقدت كفك من أجلي؟! فوالله لا أفارقك أبدًا، ولعل الله قد استجاب دعائي بزواجي منك.
وأرسلت تستدعي الشهود فحضروا؛ فقالت لهم:
- اعقدوا قراني على هذا الرجل، واشهدوا أنني تقاضيتُ مهري؛ فكتبوا كتابي عليها.
ثم قالت:
- اشهدوا أن مالي كله، وجميع ما لديَّ من مماليك وجَوارٍ ملكٌ لزوجي.
فشهدوا عليها، وقبلتُ أنا، وانصرفوا بعدما تقاضوا أجورهم إزاء ما قاموا به.. ثم جذبتني من يدي إلى خزانة، وفتحت لي صندوقًا، وقالت لي:
- انظر ما بداخله.
فإذا به يمتلئ عن آخره بمناديلي؛ فقالت لي:
- هذا مالُكَ! فكلما أعطيتني مِنديلًا به خمسون درهمًا ألقيتُ به في هذا الصندوق، خذ مالك؛ فقد رده الله تعالى إليك؛ فقد فقدت يمينك بسببي، ولو بذلتُ روحي فداءً لك ما وفيتُكَ حقك.
ثم قالت:
- تسلم مالك.
فتسلمته، ثم وضعت ما به في صندوقي، وضمَّت مالها لمالي؛ فاغتبط قلبي، وزال همِّي وغمِّي، وقبلتها؛ فقالت:
- لقد أنفقت مالك كله، وفقدت يدك من أجل محبتي؛ فكيف أوفيك قدر محبتك؟
ثم كتبت لي كل ما تملك من ثيابٍ، ومَصاغٍ، وأملاكٍ بعقد موثَّق، وما استراحت حتى حكيتُ لها ما جرى، وأنشدت هذه الأبيات:

والله ما كنت لصًّا يا أخا ثقة ولم أكن سارقًا يا أحسن الناس
ولكن رمتني صروف الدهر عن عَجل فزاد همّي ووسواس إفلاسي
وما رميتُ ولكن الإله رمى سهمًا فطيّر تاج المُلك عن رأسي

قال التاجر ذو اليد المقطوعة للنصراني الذي في حضرة السلطان:
- ثم عشنا على ذلك أقل من شهر فضعفت، وزاد بها المرض، وما مكثت سوى أيام معدوداتٍ حتى وافتها المنية؛ فجهزتها، ودفنتها، وتصدقت عليها بمال كثير، ثم وجدت لها مالًا، وأملاكًا، وعقارات أخرى، ومخازن سمسم بعت لك منها ذلك المخزن، وما شغلني عنك كل تلك المدة سوى أنني كنت أبيع ما تبقى، وإلى الآن لم أفرُغ من تقاضي بعض مُستحقاتي؛ فأرجوك ألَّا تعارضني فيما سأقوله لك؛ لأنني أكلت معك من طعامك؛ فقد وهبتُكَ ثمن السمسم الذي بحوزتك، وهذا سبب أكلي بيُسراي.
وقلت له:
- لقد أحسنت إليَّ.
فقال لي:

- لا بد أن تسافر معي إلى بلادي؛ فلقد اشتريت متجرين أحدهما في قاهرة المعز والآخر بالإسكندرية؛ فهلا صاحبتني؟

فقلت:

- أجل.

وواعدته أول الشهر، ثم بعتُ كل ما أملك، واشتريتُ به متجرًا، وأتينا إلى بلادكم؛ فباع الشاب متجره، واشترى آخر عوضًا عنه في بلادكم، ومضى إلى مصر..

قال النصراني:

- وهذا يا مولاي أعجب من حديث الأحدب؛ فقال الملك:

- لا بد من شنقكم جميعًا!

3

تقدم المباشر إلى الملك، وقال:

- إن أذنتَ لي فسأقصُّ عليك حكاية جرت معي قبل أن أجد ذلك الأحدب، وإن وجدتها أعجب مما قيل فلا تشنقنا؛

فقال الملك:

- هاتِ ما عندك.

فقال:

- ذات ليلة كنت عند جماعة في ختمة على فقيدٍ لهم، وجمعوا كل المقرئين فلمَّا قرءوا، وفرغوا، وضعوا الطعام، فتقدمنا لنأكل، فامتنع أحدنا؛ فأقسمنا عليه فأقسم ألا يأكل، فشددنا عليه؛ فقال:

- لا تشددوا عليَّ، يكفيني ما حدث لي؛ فأنشدت هذا البيت:

إذا صديق أنكرت جانبه لم تعيني على فراقه الحيل

فلما فرغنا قلنا له:

- باللهِ عليك، قل لنا ما الذي منعك عن الأكل!

فقال:

- لأني لا آكل من هذا الطعام إلا إذا غسلت يدي أربعين مرة!

فأمر صاحب الدعوة صبيانه فأحضروا الماء وغسل يديه كما قال، ثم تقدَّم كالذي يتقدم من حبل المشنقة، وجلس، ومد يده ليأكل كالخائف من شيء ما، وأخذ يأكل رغمًا عنه، ونحن منه في غاية الاندهاش، وكانت إبهامه مقطوعة ويأكل بأربع أصابع؛ فقلنا له:

- باللهِ عليك، أخبرنا ما الذي جرى لأصبعك؟

فقال:

- يا إخوتي، ليس هذا فحسب، ولكن إبهام الأخرى، ورجلاي الاثنتان.. انظروا!

ثم كشف يده الأخرى فوجدناها كاليمنى وكذلك رِجلاه؛ فما زادنا إلا عجبًا؛ فقلنا له:

- ما عُدنا نحتمل طول حديثك، وأسباب قطع أصابعك، وغسل يديك مئة وعشرين مرة؛

فقال:

- كان والدي من كبار تجار بغداد في عهد سلطان عادل، وكان سماع العود، والخمر رفيقي دربه؛ فلمَّا وافته المنية لم يترك لي ناقة ولا جملًا فجهزته، ودفنته، وحزنت عليه كثيرًا، ثم فتحت دُكانه، ويا ليتني ما فعلت، فقد كان مَدينًا بديون ثقيلة؛ فأخذت أطيب خواطر دائنيه، وأصبحت مثله أبيع وأشتري، وأسدد لهم، وظللتُ هكذا وقتًا طويلًا إلى أن قضيت عنه الديْنَ، وازداد رأس مالي.. ذات يوم، بينما كنت جالسًا فإذا بصبيَّةٍ لم ترَ عيناي أجمل منها، ترتدي ثيابًا فخمةً، وحلي، وجواهر، وتمتطي بغلة،

وأمامها عبد يسير ومن خلفها آخر؛ فوقفت ونزلت في مقدمة السوق، وأدخلت وراءها خادمًا، وقال:

- فلتخرجي يا سيدتي، ولا تخبري عنا أحدًا.

ثم حجبها، فنظرت إلى دكاكين التجار ولم تجد أفخر ولا أفخم من دكاني؛ فلمَّا توجهت ناحيتي، والخادم من خلفها، سلَّمت عليَّ؛ فما سمعت أعذب من كلامها، ثم كشفت عن وجهها فرأيت أجمل النساء، وتعلق فؤادي بها، وأخذتُ أنظر إلى وجهها، وأنشد:

جودي عليَّ بزورة أحيا بها ها قد مددت إلى نوالك راحتي

فلمَّا سمعتني ردت بهذه الأبيات:

عدمت فؤادي في الهوى أن سلاكم فإن فؤادي لا يحب سواكم
وإن نظرت عيني إلى غير حسنكم فلا سرها بعد العباد لقاكم
حلفت يمينًا لست أسلو هواكم وقلبي حزين مغرم بهواكم
سقاني الهوى كأسًا من الحب صافيًا فيا ليته لمَّا سقاني سقاكم
خذوا رمقي حيث استقرت بكم نوى وأين حللتم فادفنوني حداكم
وإن تذكروا اسمي عند قبري يجيبكم أنين عظامي عند رفع نداكم
فلو قيل لي ماذا على الله تشتهي لقلت رضا الرحمن ثم رضاكم

فلمَّا فرغت قالت:

- أيها الفتى، ألديك قُماش مليح؟

فقلت:

- سيدتي، أنا عبد فقير إلى الله، ولكن أمهليني حتى يفتح التجار دكاكينهم، وأحضر لك طلبك.

ثم تبادلنا أطراف الحديث، سابحًا في بحر هواها، حتى فُتحت الحوانيت؛ فقمت لأجلب لها كل ما طلبت، وكان الثمن خمسة آلاف درهم، وأعطت الخادم كل القطع فأخذها وانطلقا خارج السوق؛ فامتطت بغلتها ورحلت دون أن تذكر لي شيئًا عن مكانها، ولا من أين أتت، وخجلت أن أسألها، والتزمت أنا بسداد الثمن كله للتجار من مالي، وعدتُ إلى البيت أتخبط من فرط سُكْري وحبها الذي تملك من قلبي؛ فلما قدموا لي العشاء تذكرت جمالها فشغلني عن الطعام، وحاولت النوم فلم أستطع، وظللتُ هكذا طيلة أسبوع كامل، وطالبني التجار بأموالهم فطلبت أن يمهلوني أسبوعًا آخر، وبعد انقضاء المُهلة جاءت ومعها خادم وعبدان؛ فلمَّا رأيتها ارتاح عقلي وزال عني الهم والغم، وأقبلت تحدثني بكلامها المعسول، ثم أعطتني ثمن ما أخذته وأكثر، وأخذت تتكلم معي أكثر فأكثر حتى كدتُ أموت فرحًا، ثم قالت لي:

- أمتزوج أنت؟

فقلت:

- لا، لا أعرف أية امرأة.

ثم أجهشتُ بالبكاء؛ فقالت لي:

- لماذا تبكي؟

فقلت:

- هناك شيء ما عالقٌ بذهني، ثم أخذت بعض الدراهم وأعطيت الخادم إياها سائلًا إياه أن يتوسط لي في الأمر فضحك، وقال:
- إنها تبادلك نفس المشاعر وزيادة! وما لها بالقُماش حاجة، وإنما أتت لحبها لك فبُح لها بما في قلبك ولا تخف؛ فإنها لك مجيبة.
ورأتني وأنا أعطي خادمها الدراهم، فرجعت، وجلست، ثم قلتُ لها:
- ألا تسمحين لعبدك الفقير إلى الله أن يقول ما يجيش في قلبه؟
ثم حدثتها بكل أحاسيسي نحوها؛ فأجابتني قائلةً:
- هذا الخادم سيأتيك بردي، وكل ما عليك أن تنفذ ما سيطلبه منك.
ثم قامت وانصرفت؛ فقمت لأسلم التجار ما التزمت به فسددت كل أموالهم وزيادة، إلا أنني حين فارقتني لم أذق للنوم طعمًا.. ومرت أيام قليلة، وجاءني خادمُها فأحسنت ضيافته، وسألته عنها فقال:
- سيدتي مريضة.
فقلت له:
- أخبرني بأمرها؛
فقال:
- هي صبية تربت في قصر سلطان البلاد، وإحدى جواريه، وصارت قهرمانة تدخل وتخرج، ثم إنها حدثت عنك سيدها ومولاها، فقال لها: واللهِ لا أوافقن على ذلك حتى أراه وأطمئن عليكِ معه.. ونحن نريد الآن أن نُدخلك القصر من دون أن يشعر بك أحد فتتزوجها؛ فإذا انكشف أمرك دُقت عنقك؛ فماذا أنت فاعل؟
فقلت:
- نعم، أذهب.
فقال لي:
- إذا نويت فسِرْ إلى مسجد السلطان الذي شيده على النهر؛ فصلِّ فيه، ونَم به.
فقلت:
- سمعًا وطاعةً وكرامةً..
فلما حان وقتُ العِشاء مشيت إلى المسجد، وصليتُ، وبِت هناك. وعند الفجر أقبل الخادمان مستقلَيْنِ مركبًا، ويحملان صناديق فارغة أدخلاها بالمسجد وانصرفا، وتأخر أحدهما فراقبته؛ فإذا هو ذلك الوسيط بيني وبينها، وبعد قليل من الوقت صعدت حبيبتي؛ فلمَّا أقبلت عانقتها فبكت، وأخذنا نتبادل أطراف الحديث، ثم جذبتني من يدي ووضعتني داخل أحد الصناديق وأحكمت غلقه عليَّ، ولم أشعر إلا وأنا في قصر السلطان، وأحضروا لي أمتعة كثيرة لا يقل ثمنها عن خمسين ألف درهم، ثم شاهدتُ عشرين جارية أخرى، ثم أتى السلطان فقبلت الأرض بين يديه، فأشار لي بالجلوس، ثم أخذ يسألني عن حالي، وعائلتي؛ فأجبته ففرح وقال:
- واللهِ ما خابت تربيتنا لهذه الجارية.
ثم قال لي:
- اعلم أن هذه الجارية عندنا بمنزلة ابنة غالية، وهي وديعة الله لديك.

فبارك زواجي بها، ثم أمرني بأن أبيت عندهم عشرة أيام ففعلتُ، وأنا لا أعلم من هي تلك الجارية.. وبعد انقضاء هذه المدة أذن السلطان للجارية بالزواج، وأمر لها بعشرة آلاف درهم، وأرسل إلى القاضي والشهود، وكتبوا كتابي عليها.. وبعد عشرين يومًا من الولائم أدخلوها الحمَّام حتى أتم زواجي بها، وأعدوا لنا مائدة زاخرة بكل ما لذ وطاب، ووسط هذا كله ذلك الطعام الذي تأكلون منه الآن والذي أنفر منه كلما رأيته.. وواللهِ ما أمهلتُ نفسي حتى نزلت عليه وأكلت حتى امتلئتُ، ونسيت أن أغسل يدي، وظللتُ جالسًا إلى أن جنَّ عليَّ الليل وأضيئت الشموع والقناديل، وهذا كله وجميع الجواري يُجهزن العروس حتى طافت القصر كله، وبعد ذلك أحضرنها إليَّ؛ فلما عانقتها شمت في يدي رائحة الطعام فصرخت؛ فنزلت إليها الجواري من كل جانب فارتعدت فرائصي، ولم أدرِ ماذا جرى؛ فقالت لها الجواري:

- ماذا بكِ؟

فقالت لهن:

- أخرجوا هذا الأبله من هنا فقد كنت أظنه عاقلًا.

فقلتُ لها:

- وما الذي بدا عليَّ لتقولي هذا؟

فقالت:

- يا مجنون، كيف تأكل ولا تغسل يدك؛ فواللهِ لن أرضى بك بعلًا لسوء فعلتك.

ثم أخذت من جانبها سوطًا وضربتني به على ظهري حتى فقدتُ وعيي، ثم قالت لهُن:

- فلتأخذنه إلى السياف ليقطع يده التي لم يغسلها.

فلمَّا سمعت ذلك قلت:

- لا حول ولا قوة إلا بالله، أتقطع يدي لعدم غسلي إياها؟!

فدخلن عليها الجواري، وقلن لها:

- يا أختنا، سامحيه فهذه أول مرة.

فقالت:

- واللهِ لأقطعن من أطرافه.

ثم ذهبت وغابت عني عشرة أيام، ثم أتت وقالت لي:

- يا غراب البَيْن، لم أعد أصلح لك؛ فكيف تأكل ولا تغسل يدك؟

ثم صرخت على عبدين فكتَّفاني، وأخذت موسًى حادًّا وقطعت أصابعي كما ترون فوقعت مَغشيًّا عليَّ، فقلت في نفسي:

- واللهِ لا آكل هذا الطعام ما حييتُ حتى أغسل يدي أربعين مرة، فاتخذت عليَّ موثقًا بأني لا آكل منه حتى أغسل يدي كما ذكرت لكم؛ فلما أحضرتم لي نفس الطعام شحب وجهي، فلمَّا أرغمتموني عليه؛ كان لا بد أن أوفي بما أقسمتُ عليه.

فقالوا له:

- وماذا جرى لك بعد ذلك؟

- لمَّا أقسمتُ لها ارتاح قلبها،

وأقمنا معًا فترة على هذه الحال، وبعدها قالت:

- لا أحد بالقصر يعلم بما جرى بيني وبينك.
ثم أعطتني خمسين ألف درهم، وقالت:
- خذ هذه الدراهم، وابتاعْ لنا بها دارًا كبيرةً.
فخرجت واشتريت ما طلبته، ونقلت كل ما لديها من أمتعة وأثاث وتُحف، وما ادخرته من مالٍ إلى دارنا الجديدة، وبعد ذلك جرى لي مع الأحدب ما جرى.
فقال الملك:
- لا واللهِ فإن حديث الأحدب أعذب مما حكيت، ولا بد من شنقكم جميعًا.

4

فتقدم الطبيب اليهودي وقبَّل الأرض بين يديه وقال:
- يا مولاي، أنا أقص عليك حكاية أعذب من حديث الأحدب.
فقال له:
- هاتِ ما عندك.
فقال:
- كنت في ريعان شبابي بالشام، وبينما كنت أعمل ذات يوم؛ إذا بمملوك يأتيني من طرف حاكم دمشق؛ ليصطحبني إلى قصره فلما وصلنا دخلت فرأيت سريرًا من المرمر، يرقد عليه مريض، وهو شاب لم أرَ أفضل منه في زمانه، فجلست إلى جواره أداويه؛ فأشار إليَّ بعينيه؛ فقلت له:
- سيدي، أعطني يدك.
فأخرج لي يُسراه فتعجبت، وقلت في نفسي: كيف لهذا الشاب المليح رغم أنه من بيت كبير وسليل حسب ونسب أن يمد يده اليسرى؟! ثم تفحصت مفاصله، وكتبت له دواء، وترددتُ عليه عشرة أيام، وفي اليوم الحادي عشر قال لي:
- أتحب أن تتجول معي في حجرتي؟
فقلت:
- نعم.
فأمر العبيد أن ينقلوا فراشه لأعلى، وأن يعدوا لي طعامًا وفاكهة ففعلوا؛ فأكلنا معًا، وأكل هو بيُسراه؛ فقلت له:
- لمَ تأكلُ بشِمالك؟
فقال لي:
- أيها الطبيب، سأقص عليك ما جرى لي..
أنا من الموصل، وكان لي جَدٌّ توفِّي وترك ذرية من الذكور عشرة كان أبي أكبرهم؛ فكبروا كلهم وتزوجوا، ورُزق والدي بي.. أما أعمامي التسعة فلم يُرزقوا بأولاد لمشيئة لا يعلمها إلا الله، فكبرت أنا وترعرعت بينهم وهم فرحون بي فرحًا كبيرًا، فلما نضجت واشتد عودي، ذهبتُ مع أبي إلى جامع الموصل فصلينا الجمعة، ولمَّا خرج الناس بعد قضاء الصلاة؛ مكث والدي وأعمامي يتبادلون أطراف الحديث في شئون المدن وغرائبها، إلى أن ذكروا مصر؛ فقال أحدهم:
- كل من سافر إليها قال إنه ما رأى على وجه الأرض أجمل من مصر ونيلها.
ثم أخذوا يصفونها ويصفون نيلها، فلما فرغوا صرتُ مشغولًا بها، ثم انصرف كل منهم إلى داره.. فبت تلك الليلة أفكر في كل كلامهم عنها، وبعد أيام معدودة انتوى أعمامي شد الرحال إليها فطلبت من أبي بإلحاح أن أسافر معهم حتى وافق، وأعد لي متجرًا، وقال لهم:
- اتركوه في دمشق لبيع متجره فيها.

ثم ودعتُ والدي، وسافرنا إلى أن وصلنا إلى حلب فنزلنا بها أيامًا، ثم واصلنا سفرنا حتى وصلنا إلى دمشق فرأيناها وكأنها جنة؛ فنزلنا بها، حتى باع أعمامي بضاعتي واشتروا فربح الدرهم خمسة؛ ففرحت، ثم تركني أعمامي كما طلب أبي، وسافروا إلى حيث أرادوا.

يقول اليهودي للملك:

- إن الشاب لمَّا تركوه أعمامه وتوجهوا إلى مصر؛ سكن بقاعة جميلة، أجرتها في الشهر درهمان، وصار يأكل ويشرب حتى صرف كل ماله، وبينما كان جالسًا ذات يوم على باب القاعة؛ إذا بصبية تأتيه مرتديةً أفخم الثياب، فدعاها فوافقت، ودخلت معه فرد الباب وراءهما، فلمَّا كشفت له عن وجهها ورأى حُسنها وفرط جمالها تعلق قلبه بها؛ فأعد لها مائدة عليها ما لذ وطاب، بما يليق بمقامها الرفيع، وأكلا معًا ولعبا، وظلا هكذا حتى تنفس الصبح، وبعد ذلك أعطاها عشرة دراهم فأقسمت عليه ألا تأخذ درهمًا واحدًا منه، ثم قالت:

- يا حبيبي، أمهلني ثلاثة أيام وسأعود إليك عند غروب الشمس.

وجهّز لنا بهذه الدراهم ليلة كالتي كنا فيها، وأعطته عشرة دراهم وودعته وانصرفت.

فلما مرت الأيام الثلاثة عادت إليه وعليها من الحلي والجواهر والثياب ما هو أفخم مما كانت عليه أول ما رآها، وكان هو قد جهز لها ما يليق بمقامها، فأكلا وشربا ولعبا حتى الصباح، ثم أعطته عشرة دراهم أخرى، وواعدته بعد ثلاثة أيام أنها ستعود إليه كما فعلت من قبل؛ فأعدَّ لها ما يليق بها، ثم جاءت مرتديةً أفخم من المرتين السابقتين، ثم قالت له:

- سيدي، أتراني جميلة؟

فقلت:

- أجل واللهِ.

فقالت:

- أتأذن لي أن أحضر معي صبية أحلى وأصغر مني سنًّا؛ حتى تلعب وتلهو، فقد طلبت مني أن تخرج معي وتسهر معنا لنضحك وإياها.

قال:

- لا مانع.

ثم أعطته عشرين درهمًا هذه المرة، وقالت له:

- زد لنا من أجلها.

ثم ودعته وانصرفت.. وفي اليوم الرابع جهز لهما ما يليق بهما كعادته؛ فلما غربت شمس النهار إذا بها قد جاءت ومعها صبية ملفوفة في إزار فدخلتا، وجلستا، ففرح وأشعل الشموع، واستقبلهما بكل ترحاب؛ فكشفت الصبية الصغيرة عن وجهها فإذا هي كالبدر ليلة تمامه؛ فقام وقدم لهما الطعام، فأكلوا وشربوا، وأخذ يقبل الصبية، ويملأ لها القدح، ويشرب معها فغارت الأولى دون أن تظهر شيئًا له، ثم قالت:

- أهذه الصبية ألطف مني؟

فقال:

- أجل؛

فقالت له:

- هلا أمضيت معها الليلة من دوني؟

فقال:

- سمعًا وطاعةً.

ثم قامت وفرشت لهما فناما حتى الصباح؛ فلمَّا صحا وجد يده ملطخة بدم؛ فأخذ يوقظ الصبية فوجدها غارقة في دمائها فظن أن الأولى فعلت ذلك من غيرتها منها؛ فشرع يفكر في ورطته، ثم قام فخلع ثيابه وأخذ يحفر حفرة بالقاعة؛ فدفن بها الصبية، ورفع الوسادة التي كانت تنام عليها فوجد تحتها عِقدها؛ فأخذه، وأجهش باكيًا، ثم أقام يومين، وفي اليوم الثالث غير ثيابه، ولم يكن معه ولو درهمًا واحدًا، فإذا به يذهب إلى السوق بعد أن وسوس له الوسواس الخناس ليبيع هذا العقد، وبالفعل توجه به إلى السوق، وأعطى الدلال إياه، فنادَى عليه سرًّا دون أن يدري، فإذا بالعقد يبلغ ألفي درهم؛ فجاءه الدلال وقال له كاذبًا:

- إن عقدك هذا نُحاس، وقد وصل ثمنه إلى ألف درهم.

فقال له:

- نعم، فقد كان لصبية ورثتها زوجتي ولسنا بحاجة إليه فرأينا بيعه.

فلمَّا سمع الدلال ما قاله تبين له أن في الأمر شيئًا مُريبًا؛ فتوجه بالعقد إلى شيخ السوق وأعطاه إياه، فأخذه الشيخ وتوجه به إلى الوالي، وقال:

- مولاي، إن هذا العقد سُرق من دكاني، ووجدنا اللص وهو يرتدي ثياب أولاد التجار.

فلم يشعر الفتى إلا والجند قد أحاطوا به من كل جانب، وأخذوه؛ فسأله الوالي عن ذلك العِقد، فقال له ما قاله للدلال فضحك الوالي، وقال:

- أنت تكذب!

ثم جردوه من ثيابه وأخذوا يضربونه بالسياط حتى كاد يموت؛ فقال:

- نعم، سرقته؛

فقطعوا يده.. فعاد إلى القاعة القاطن بها فإذا بصاحبها يقول له:

- فلتبحث لك عن مكان آخر لأنك لص.

فقال له:

- أمهلني يومين أو ثلاثة حتى أجد مكانًا يؤويني.

فسمح له بالبقاء ثم انصرف؛ فظل جالسًا وقد أجهش بالبكاء، ويقول:

- كيف أعود لأهلي وأنا مقطوع اليد، ومن قطعها لا يعلم ببراءتي من هذه التهمة؛ فلعل اللهَ يغير من حال إلى حال.

وشرع يبكي بكاءً كالمطر، فلما مضى صاحب القاعة اغتمت نفسه؛ فأصبح مشوش الفكر، ولم يشعر إلا وصاحب القاعة فوق رأسه ومعه بعض الرجال وشيخ السوق، وادَّعى كذبًا وافتراءً أنه سرق العِقد؛ فخرج لهم وقال:

- ماذا جرى؟

فلم يمهلوه، وقيدوه، ولفوا حول عنقه سلسلة من حديد، وقالوا له:

- إن العِقد الذي كان بحوزتك مِلكٌ لحاكم دمشق، وقد ضاع منذ ما يقرب من ثلاث سنين ومعه ابنته.
فلمَّا سمع ما قالوا ارتعدت فرائصه، وقال في نفسه إنهم سيقتلونه لا مفر من ذلك، وقرر أن يحكي للحاكم حكايته ويفعل الله ما يشاء، فلما وصلوا إلى الحاكم أوقفه بين يديه، وقال لي:
- أهذا من سرق العقد ونزل ليبيعه؟ إنكم والله قطعتم يده ظلمًا وافتراءً.
ثم أمر بأن يُزج بشيخ السوق في السجن، وقال له:
- أعطِه دِيَةً ليده وإلا شنقتك وأخذت كل مالك.
ثم نادى رجاله فأخذوه وجردوه من ثيابه، وبقيتُ أنا والحاكم وحدنا، بعد أن فكوا قيودي، ثم نظر إليَّ حاكم دمشق قائلًا:
- يا ولدي، قل لي الحقيقة، كيف وصل هذا العِقد إلى يديك؟
فقال:
- مولاي، سأقول لك الحق.
ثم حكى له كل ما جرى له مع المرأة الأولى، وكيف جاءته بالثانية، وكيف قتلتها من فرط غيرتها منها، وذكر له الحديث بحذافيره؛ فلما سمع كلامه أخذ يبكي، ثم قال له:
- أما الصبية الأولى فكانت ابنتي وكنت أحافظ عليها، فلمَّا نضجت واشتد عودها أرسلتها لابن عمها بمصر؛ فعادت وقد فسدت أخلاقها، وجاءتك أربع مرات، ثم أتتك بأختها الصغرى، وهما شقيقتان، وكانت كل منهما تحب الأخرى، فلمَّا جرى للكبيرة ما جرى أطلعت أختها على سرها؛ فطلبت مني أن تأخذها معها، ثم عادت وحدها؛ فسألتها فشرعت تبكي عليها، وقالت: لا أعلم عنها شيئًا، ثم أخبرت أمها سرًّا بكل ما جرى، فنقلت لي أمها كل ما سمعت، ولم تزل تبكي وتقول: واللهِ سأبكي عليها ما حييتُ، وكلامك أيها الشاب صحيح؛ وأريد أن أزوجك ابنتي الصغيرة فهي ليست شقيقة لهما ولم يسبق لها الزواج من قبل، ولن آخذ منك مهرًا، بل سأجعل لكما راتبًا، وتكون عندي في مقام ابني.
فقال له:
- كما تريد يا مولاي.
فأرسل الحاكم في التوِ واللحظة رسالة، وأتاه بماله الذي تركه له أبوه، وأقام عنده ثلاثة أيام، ومنحه مالًا جمًّا، وسافر حتى وصل إلى بلادكم هذه؛ فطاب له العيش فيها، وجرى له مع الأحدب ما جرى، فقال الملك:
- ما هذا بأعجب ولا أعذب من حديث الأحدب، ولا بد لي أن أشنقكم جميعًا، وخصوصًا ذلك الخياط الذي هو أس الفساد.
فقال:
- أيها الخياط، إن حدثتني بشيء أعجب من حديث الأحدب عفوت عنكم جميعًا ولا أبالي.
***انتهى الجزء الثامن وتستكمل أحداثة في الجزء التاسع.**

www.ingramcontent.com/pod-product-compliance
Lightning Source LLC
Chambersburg PA
CBHW072048170626
46811CB00008B/3214
9781005147471